ムサシの茶室

MUSASHI
NO
CHASHITSU

周舜

Shun Amane

文芸社

目次

一穂の薄《すすき》

イオリは山径《やまみち》を登っていた。

山里で聞いた「その老人」は、この山の中腹あたりの沢で暮らしているという。不確かではあるが唯一の手がかりを頼りに、山径を登っていった。

夏の盛りは峠《とうげ》を越えていたが、日中の陽差しはいまだ厳しい。木立の間から容赦なくイオリの身体にその熱を放射してくるのだった。

路傍の岩に腰を降ろすと、時おり沢からの涼風が頬《ほお》をなでていく。したたる汗にひんやりと心地よい。

苔《こけ》むした岩と岩との間の小さな窪地に、やっとの思いで根付く夏草が青く揺れる。隣り合わせに薄が一本、その穂を持ち上げて生きていた。

イオリは束《つか》の間《ま》の山あいの風情に浸《ひた》っている。夏の盛りに一穂の薄が秋の到来を暗示していた。そういえば風も少し涼しげか。

清水をたっぷりと入れた竹筒を腰から外すと、イオリはひとくち口に含み、一服した。

「その方に会えたら、茶を一服点《た》てて進ぜよう」

イオリはまだ見ぬ人に思いを馳せていた。


ムサシという剣豪がいた。

剣の腕はこの国で右に出るものがないという評判だった。

戦乱の世は平定され、剣で身を立てる時代はもうとっくに過ぎ去っていたのだが、イオリは武士として剣を学んだ。

「竹刀《しない》」や「木剣」での試合もいくたびか勝利した。

「剣を極めたい」との向上心は日に日に強くなっていく。

平和となった今、剣を抜く機会など、とんとなくなってしまったにも拘《かかわ》らず、剣の修行に没頭したのである。

祖父や曾《そう》祖父の「武勇伝」を子供心に胸高鳴らせながら聞いていたものだ。

最後の剣豪・ムサシ。

……いつの頃からか、イオリの心の中でその名前が大きく輝くようになっていた。

数々の「果たし合い」を勝ち進み生き抜いてきたとのことである。

わかっているだけで四十余名もの武芸者を仕留めている。

特に京都一乗寺下り松での決闘に至っては、到底人間業《わざ》とは思えぬ勝ちっぷりであった。

相手は将軍家兵法指南役、ヨシオカセイジュウロウ一門である。

当主セイジュウロウに続いて、その弟デンシチロウをも討ち倒したことで、ヨシオカ道場の門下生百余名を敵に回すことになったのだ。

しかしムサシはこの死闘に斬り勝ったのである。

イオリは武士の「心得」として剣を極めたいと思っていた。同時に歴代の武将が好んだという茶に深く惹かれている。
剣の「動」に対して、茶の「静」。
対極する二者に惹かれてゆく。
剣を学べば学ぶほど茶に惹かれていく。
なぜ？
ムサシに会えばその答えに至るのだろうか。
いや、もうこの世にムサシは実在しないのかもしれない。
剣豪ムサシはコジロウとの果たし合いを最後に、剣を置いたと聞いている。

――コジロウは当時、ムサシよりひと回りも若く、長剣の使い手としてその名を轟《とどろ》かせていた。
その素早い太刀《たち》捌《さば》きは、飛翔する燕《つばめ》をも切り裂いたともっぱらの評判であった。

若く美男のコジロウは剣士としての評価も高く、その評判は津々浦々まで浸透していた。

巌流島でのムサシとの決闘は、コジロウに有利との下馬評であった。

剣豪日本一の世代交代が今まさに起ころうとしているのだ。

世間は固唾《かたず》を呑《の》んでムサシとコジロウの決闘に思いを馳せていた。

結果はコジロウの惜敗。

ムサシはこの巌流島での決闘を最後に、その刃筋の代名詞ともなった二天一流――二刀流――を封印したのだった。

実際、ムサシがコジロウを仕留めたのは第三の武器……櫓《ろ》であった。

あの、舟をこぐ「櫓」だ。

ムサシは密かに巌流島へ向かう舟の櫓を削って、木剣に変えていた。それは長剣に対抗できる長さと強度を持つものに仕上がっていた。

そうとは知らぬコジロウは、ムサシの二刀流封じに自慢の長剣を駆使したのである。

ムサシの大小二刀がコジロウの長剣に捌かれ、宙に舞ったとき、コジロウはしてやったりとほくそ笑んだ。

最後のひと刃は、丸腰の「剣豪」に向け虚空を翻《ひるがえ》った。

夏の陽射しにコジロウの銀色の長剣が、柳のようにしなやかに円を描いてムサシの胴を真二つに斬り落とそうとする。

まさにその刹那《せつな》。

ムサシの身体は大きく天空に飛び上がった。

コジロウの渾身《こんしん》の「ツバメ返し」は宙を斬った。同時に陽の光が黒い物体に遮断された。

その黒い物体こそ、頭上高く飛び上がったムサシと櫓を改造した木剣に他ならなかった。

何事か。コジロウはその物体を見据えていた。

それはやがて重力に引かれ、巌流島の砂浜に静かに落下していく。落下と同時に夏の陽射しが息を吹き返した。突然コジロウは強い陽射しに射られ、その視界は真白く覆われてしまった。

「あっ」

コジロウが声を上げるのと同時に、その脳天を櫓の木剣がしたたかに打っていた。巌流島の浜辺に長身のコジロウの骸《むくろ》が転がっていく。傍らをコジロウの長剣も転がっていった。

剣豪ムサシは無敗のまま巌流島を去ったのである。

その後、ムサシの消息はとんと聞かれなくなった。

浜には島を離れていく小舟に向かって、ムサシの「わらじ」の跡のみが点々と残されていた。

潮風がムサシの足跡を薄く薄く、掃くように消していく。

コジロウと初めて剣を交えたその場所には、大小二本の刀剣が突き刺し立ててあったという。

この巌流島の決闘を最後に、ムサシは自ら「二刀流」を封印したのだった。

イオリはいつの頃からか幻の剣豪ムサシを追っていた。

「どこそこの村で剣術道場を開いている」

「いや、何々山のふもとで弟子たちと剣術稽古《けいこ》をしながら暮らしている」

……などの噂《うわさ》が時おりイオリの耳にも入ってくる。

そのたびにイオリは現地に向かった。自分の目で確かめたいとの思いを募らせていた。

しかし、そのほとんどが偽だった。「ムサシ」の名を騙《かた》って生活の糧《かて》としている輩《やから》ばかりであった。

そうした輩を目にするたび、イオリは腹の底に仕舞い込んだ怒りの感情を静かに滾《たぎ》らせ、試合を申し入れては「ムサシ」どもを完膚《かんぷ》なきまでに叩きのめした。

しかし、そうした試合後もイオリの心は晴れなかった。

むしろ虚無感と孤独感に苛《さいな》まれていく。そして途絶えそうになる希望の灯を、再度、新たに灯すのだった。

本当のムサシに会いたい——と。

小径は進むほどに険しくなっていく。もはや径の体《てい》をなしていない。

木立も鬱蒼《うっそう》として陽の光の来る方向も定かでなくなってきた。

途切れがちだった沢の音も聞き取れなくなっている。

さては径に迷ったか。

突然、足元の藪《やぶ》から雉鳩《きじばと》があわてて飛び立っていく。おそらくイオリの足音に驚いたのであろう。

イオリは雉鳩の飛び立つ方角に目をやろうと、身体を反転させた。

その時。

「あっ」
イオリは足を踏み外していた。
地面があるはずの処にそれはなく、鋭角な斜面に足を滑らせてしまったのだ。
真っ逆さまに山の斜面を滑り落ちていく。
木々が視界を流れるように走っていく。
したたか木の幹か岩かにその頭部を打ちつけたようだ。
火の出るような頭部の衝撃のあと、イオリは真っ暗な奈落へ落ちていった。

網代畳《あじろだたみ》

ここはいったいどこだろう……

自分ははたして生きているのだろうか……

イオリは朦朧《もうろう》とした意識の中で自問していた。

香《かぐわ》しい茶の香りが周りを包んでいる。ここはどこだ……

イオリは再び深い暗闇の中に落ちていった。

チッチッ

……鳥の囀《さえず》りだろうか。

こちらは川のせせらぎか……

ぼんやりと朝靄《あさもや》がかかっている……

どこだ……
遠くで朝餉《あさげ》の支度か、良い匂いが漂ってくる……
ここはどこだ……
身体を動かそうとするが、どうも身動きが取れぬ。
「目が覚めたか」
……誰かが遠くで問うているようだ。
……朝靄が濃くなってきた。世界を白く包んでいく。
……小鳥の囀り……川の水音……朝餉の匂い……すべてが真白く塗りつぶされた。
イオリの意識は再び無の中に深く入っていった。

顔に当たる朝陽に頬や額を撫でられて、「はっ」と目を開いた。
顔面に朝の陽光が降り注いで、イオリは眩しげにその陽光を見つめている。

格子窓から差し込むその光の帯の中を、炎影のような粒子が無秩序に散乱していく。

チッチッと小鳥が囀っている。

川だろうか。近くからサラサラと水音が伝わってくる。

緑の陽影が格子窓と障子《しょうじ》に映って揺れている。

涼しい風が部屋の内を過ぎていく。

朝餉の支度か。おいしそうな匂いが風に乗って鼻腔《びくう》を刺激する。

のどが渇いた。

寝返りを打ってみると、口のあたりに、夏瓜に葦《あし》の茎を突き刺しただけの吸い飲みが置いてある。

イオリはのどの渇きに任せ、その茎を口に咥《くわ》え、吸い込んだ。

果肉を砕いて絞り出したような、果実の甘露《かんろ》な甘さと水分たっぷりの果汁が口へと広がった。

のど元の粘膜は、砂漠が水分を果てしなく吸っていくかのように果汁をたくわえて潤っていった。

のどの渇きが一区切りすると再び睡魔が襲ってくる。

朝陽が黄色くイオリを包んでいく。

遠くで聞こえる鳥の囀り、近く川のせせらぎ――やがてイオリの意識はとっぷりと黄色い陽光に包まれていった。


どれほどの時が過ぎたのだろうか。

頬を夜風がひんやりと撫でていく。

イオリは再び目を覚ました。

格子窓からは青白い月明かりが差し込んでいる。

周りは限りなく静かだ。

虫の音がチロチロと聞こえてくる。

やはりサラサラと流れゆく川音が聞こえてくる。

額の片側から温もりが伝わってくるのと同時に、美味《おい》しそうな匂いも届いてきている。

イオリは半身を起こしてみた。節々が軋《きし》み、固く、重い。だが何とか半身を起こすことができた。

イオリは自分が柔らかい真綿の布団《ふとん》の上に寝かされていることに気づいた。部屋は四畳半ほどの小さなものである。

格子窓から差し込む月明かり。

障子が二面。

足元の一面は床《ゆか》から一間ほどで両開きになっている。その向こうはおそらく縁があるのであろう。木々の葉影や枝影が月明かりに揺れている。

足元、左側には腰高より上で格子窓が開かれていた。右側、暖かさの源となった部分には、八分の一畳角の炉が石を重ねてしつらえてあった。

炉には火が入り、土鍋がかけられている。

先ほどからの美味しそうな匂いはこの土鍋のほうから匂っているようだ。

炉の向こう、腰高より下の壁は板戸の引き戸になっている。

腰高より上には、障子が壁に、嵌《は》め殺しのしつらえで固定されていた。その障子からも月明かりが静かに室内に差し込んでいる。

イオリの寝かされていた枕側の壁は、「違い棚」のように木の枝が張り出していた。また、その木の幹は寝床と「切り炉」を分けるように位置し、床より屹立《きつりつ》しているのだった。

まるで床柱のようだな……えっ、床柱……

もしかして自然の木を床柱に見立てているのか。

神経に突然閃《ひらめ》きの感覚が流れた。

イオリの意識は咄嗟《とっさ》に覚醒《かくせい》した。

床柱。

切り炉。

……では床《とこ》の間は。

そう一人でつぶやくと、イオリは首を回して炉の奥、「床柱」の奥に目をやった。

そこには床が拳大の高さに上げられ、木の板敷きになっている。

その上には、葦の葉を網代織りした畳が一畳ほどの大きさで据えられている。

岩のかけらを花差しに見立ててか、数房の夏草と一穂の薄がそこに無造作に活けてある。

イオリは気づいた。

ここは茶室、茶室ではないか。

自分の寝かされていた布団の下の床を見た。そこも葦の網代織りの畳が敷かれていた。

天井《てんじょう》を見上げると、先ほどその幹が床柱となっていた木の、太い枝が梁《はり》として天井を支えている。
屋根はどうやら萱《かや》で葺《ふ》いてあるようだ。

イオリは突然空腹を感じた。
炉にかけられた土鍋のほうに躙《にじ》り寄ってみる。
ひとり分の茶碗に箸《はし》。
土鍋から粥《かゆ》を汲み出す杓文字《しゃもじ》も揃えてある。
山菜の漬物もある。
イオリは夢中になって粥を掻き込んだ。何日も食事をしていなかったのだろう。
五臓六腑《ごぞうろっぷ》が息づき始める。
障子を通して月明かりが白く茶室を照らしていく。
山の滋養を受けて育った大木の幹と、その枝に囲われるようにしつらえた茶室。

イオリは感動を隠せなかった。

幹は床柱。枝は書院棚や天井の梁を形作っていた。茅葺屋根と葦の網代畳。川端の岩のかけらの花差し。川石を積み上げた切り炉。

イオリは体の節々の痛むのも忘れて茶室を味わっていた。

月明かりはいつまでも清く白く、外では川の水音と虫の音。

床の間の割れた岩の花差し。そこに活けられた数房の夏草と野花と一穂の薄。

ここの主はいったい誰であろう。お会いしたいものだ。

イオリはその夜、ぐっすりと眠りについたのだった。

燈籠舟
とうろうぶね

今宵は満月。

青白い明かりが木々や森、川面《かわも》まで照らしている。

すべてが青の濃淡の世界にイオリは佇《たたず》んでいた。

足元を流れる小川に、小さな燈籠舟が一つ二つ浮いて運ばれてくる。

各々《おのおの》、色の違う和紙でその火は蔽《おお》われ、ユラユラと下っていく。

それは幾つも幾つも、白い月を水面に映し、色とりどりの淡い明かりを映しさながら、天の川を地上に再現したかのごとく流れていく。

青の濃淡と、月明かりに照らされて白く光る水の流れ。

その中を進む色とりどりの燈籠舟は、まるで満天の星屑《ほしくず》のようだ。

イオリは思わず息を呑んだ。

しばらくこの幻想的な青の世界に身を置いてみた。

まるで海底深く沈んでいくような浮遊感に包まれる。

虫の音も、川のせせらぎも、木立が風に揺れる音も、イオリの耳に心地よく振動している。

気がつくと、その地上の天の川に沿って歩きだしていた。

掌大の種々な燈籠舟が流れていく。

イオリはその上流に向かって歩んだ。

やがて大きな岩の前で立ち往生する。

岩の割れ目より流れ出る小川の表面を、燈籠舟が次々と浮かんでゆっくりと下ってくる。

はて。ここで行き止まりだが。

この燈籠舟はどこから流れてくるのだろう。

イオリは訝《いぶか》った。

岩の向こうからに違いはないのだが、果たしてこの岩壁を抜ける方法があるのだろうか。

自分を掌の大きさに縮小するなどできる芸当ではない。だができ得《う》れば小人になりたいものだと真剣に考えた。そうしてこの岩壁を抜けて、燈籠舟を追ってみたいと。

はて、あの音は――。

イオリは岩壁にそっと耳を傾けた。そこからは静かな地鳴りのような音が続いている。

じっと耳を澄ます。

滝――滝の流れる音がするではないか。

この岩壁の向こうのどこかに滝があるのか。なら岩壁を迂回《うかい》すれば……そして滝を頼りにたどっていけば、この燈籠舟の出発点にたどり着くことができるであろう。

イオリの顔に笑みが戻った。

気を取り直し、岩壁に沿って歩みだしていた。音を頼りにそっとそっと岩壁を迂回していく。

満月がその足元を青白く明るく照らしていた。ゴツゴツした岩が鋸《のこぎり》の刃のように地面に突き出している。それを夏草や低木の枝が覆っている。

月の光は、あたりを明るく照らしてはくれるが、足元の凹凸まで伝えてはくれない。まして、病み上がりのおぼつかない足である。

イオリは何度も倒れそうになるのを耐えて進んでいった。

水音が聞こえてくる。立ち止まって足元より目を上げて前方を見る。

と、そこにぽっかりと岩壁に穴が開いている。

近づくと水音が大きくなる。

岩の隙間《すきま》は大人一人がやっとくぐれるほどに開いていた。

月光に足元を見ると、そこには人が通った跡であろう、草木はなく、小径ができているではないか。

イオリは躊躇《ちゅうちょ》なくその岩戸をくぐっていた。

足元に落ちてゆく水が、月光を反射して銀色に輝いている。銀の溶鉱炉から流れ出るがごとく、川面の大小の岩に滑りつくように下っていく。

両岸の岩はそれを見下ろすようにそそり立っている。

岩戸を潜り抜けると、そこには平らな地面が三畳ほどの広さで張り出していた。

イオリはその岩棚に立った。

なんと、向こう岸まで丸太を敷き詰め、蔦《つた》で結んで作られた小さな吊り橋が架けられていた。

対岸の様子は月光がいかに明るいといっても、鬱蒼《うっそう》とした木立の夜影に隠れて定かに見えてこない。

じっと目を凝《こ》らすも判然としない。

イオリは吊り橋をささえる蔦の束を大きく揺すってみた。

向こう岸の木影が揺れるのが月明かりに見て取れる。

イオリは迷わなかった。病み上がりのおぼつかない身体のことも念頭になかった。

渡った先がどうなっているかも考えなかった。

この橋の向こうに行ってみよう。その衝動に駆られるのみであった。

一歩二歩と歩を進めていく。

足元で丸太を組んだ橋板がギシギシと鳴きはじめた。イオリの体重で吊り橋全体が左右にゆるゆると揺れている。

身体も月明かりの青い世界を緩々《ゆるゆる》と浮遊し、あたかも深海に舞う海月《くらげ》のように漂っていた。

一歩二歩、泳ぐように対岸の暗がりを目指していく。

長い時空の中を漂いつづけながらも、目的地にたどり着けないもどかしさがイオリの心を焦らせた。

イオリは目を閉じ、丹田《たんでん》に気を捉えた。木剣を交える相手との間合いを思い描き、丹田に気を置いたのだ。

吊り橋の揺れはピタリと止まる。

足元の川音も耳から遠のいた。

川面は相変わらず銀の溶岩のようにゆるゆると滑っている。

イオリは心を無にし、気を捉えた。

すると、足は橋板の丸太を揺らすことなく、滑るように進み始めた。茶を点てる時のように自分と自然が同化し調和していく。

音もなく、橋を揺らすことなく、イオリは月夜の吊り橋を渡りきったのだった。

イオリが我に返ったとき、その両足は対岸の岩棚に立っていた。

六畳ほどの岩棚はしっかりとイオリの体重と橋の重さを支えていた。

いま来た吊り橋を振り返る。対岸の岩棚は満月の明かりをいっぱいに浴び、明るく照らし出されていた。

その奥にはさきほどの岩のくぐり戸が、ぽっかりと黒く開いている。

逆にこちら側はちょうど月影に入り、黒い屏風《びょうぶ》の中にいる。

目が慣れていくにしたがって、その中に点のような明かりが先へと延びているのがわかる。

それは月影の岩棚より続いているのだった。岩壁に沿って小さな松明《たいまつ》が架けられているようだ。

それらは、真っ暗な宇宙の中に点在する星座のように煌《きら》めいている。

天の川の両岸に輝くオリ姫とヒコ星の如く、引かれるように松明の明かりに沿ってイオリは歩を進めていった。

足元は柔らかい土のようだ。踏み出すほどに草の踏みしだかれるキュッキュッという音と、ほのかな青い草の香りが上がってくる。

滝音が近づいてくる。

はて。

イオリは小径で立ち止まった。小径が途絶えているのだ。

目の前には銀の糸で織られた布のような小滝が行く先を塞いでいた。

滝の本流は岩の間を迂回して右前方の谷を流れる。その周囲に人の通る余地があるようには見えない。

ここで行き止まりか。

イオリは思案した。だが、水の天幕越しにゆらゆらと揺れる松明の明かりが見えている。

「小径は続いている」そう確信した瞬間、イオリは水の天幕をくぐっていた。

一瞬、冷たい水が両肩を撫でた。

が、天幕をくぐった先には、ほの温かい洞窟《どうくつ》が現れた。

左手の岩壁には、イオリを誘うように松明の明かりが点々と並んでいる。

岩壁には長年の時の流れがそうしたのか、滑らかな地が露わになっている。

小径に沿って清らかな水が静かに下ってゆく。

どうやら洞窟の壁を清水が伝って洞窟内に小川を形成したようだ。

どこから入ってくるのだろう。月光が差し込むと、広い空洞に導かれていた。

青く澄んだ池がこの洞内に浮かんでいる。松明の明かりに赤・黄・緑・青と水面の輝きを変えていくのだった。

イオリはしばらくの間、月光と松明の織り成す万華鏡の世界に呆然《ぼうぜん》と佇んでいた。

ふと、前に目をやると今度は小径の両側に松明が灯され、イオリをさらに奥へと誘っている。

万華鏡の光の間に心を惹かれながらも、イオリは前へと歩を進めた。

突然、竹垣の屏と網代戸が目の前に現れた。

どこからか満月の明かりが入射し、反射し、網代戸の向こうの小径も照らしている。

清らかな洞の小川も静かにその傍らを流れていく。

岩壁の窪みには、和紙で彩られた色とりどりの行燈《あんどん》が据えられている。

網代戸の奥も広い洞窟となって続いている。

水辺に畳一枚ほどの平らな石が置かれ、いや、自然とそこに鎮座していたのだろう。人が一服の座を取るのに程よい高さでしつらえてあった。

しつらえて、とイオリが思ったのは、その畳一枚ほどの石板に葦の網代織の敷物が添えてあったためである。

イオリは、自分が病み上がりで歩きづめだったことを思い出した。

そう思った瞬間、全身の節々が軋みだした。

イオリは、ほっとその石板に腰をおろした。

高さといい、葦の座布団といい、座り心地の良いものであった。

顔を小径の先に向ける。

飛び石で続く小径の傍を小川が流れていく。

その少し先には石を削った手水鉢《ちょうずばち》が見える。

清水はその鉢を満々と満たすと、くるくると小さな渦を描きながら、小さく削り取られた窪みから静かに下流へと消えていくのだった。

その手水鉢には野の花が一輪添えてあった。

花弁はくるくると水面を回り続けている。

石の手水鉢の上の岩壁の割れ目には、夏草と野花が茎ごと生けてある。
蹲踞《つくばい》……
――えっ。
イオリは自然の中にどっぷり浸かっていて、気がつかなかった。
これは確かに「蹲踞」。
今座っているのは「待合」。
……ではあの入口の水の天幕は「結界」への入口か。
イオリの脳に再び閃きが走った。
ここは「茶室」への入口。いま、自分はそこの待合にいる。
イオリの意識からは疲れた身体のことなど吹き飛んでいた。
では茶室は。主は。
周りを見渡した。
行燈が清水の小川に沿って並ぶのが見える。

その傍らを石畳がとびとびに追いかけていく。
行燈の突き当たり、そこには石畳のうち少し小上げのある頑丈なものが置かれていた。
その先はまた岩壁に覆われている。
だが、屈《かが》めば人が一人通れるほどの隙間があるようだ。
奥には障子戸が垣間見える。
「躙《にじ》り口《ぐち》」
イオリは腰をかがめ岩壁を抜けると、障子を開けていた。

ムサシの茶室

障子をくぐるとそこは三畳ほどの空間になっていた。

網代織りの畳が三枚、床に敷いてある。

「躙り口」を入って左側は岩肌がむき出しになっている。

壁に沿った孟宗竹《もうそうちく》の太い幹を床柱に見立てているのか、壁の中央を床から天井まで貫いている。

左半畳の壁は一歩奥まっていて、床の間の風情を整えていた。

どこからか月の明かりが差し込み、床の間と思しき岩壁の窪みに据えられた夏草と、一本の薄の穂が涼しげに光っている。

孟宗竹の太い幹の右側には、八分の一畳角の切り炉がしつらえてある。

右側の壁は土塀と竹で仕上げられ、正面の壁半分は腰高まで土壁でできていた。

その上は障子戸になっている。床の間の壁に向かって残りの壁半分は野外へと吹き抜け、開け放たれていた。

部屋のぐるりは竹の縁側でつながっているようだ。

この洞窟に入って以来、イオリの傍にずっとあった静かな湧水の流れが竹縁の下を通っている。

縁の端には清水をくみ上げる柄杓《ひしゃく》が据えられている。

床柱の横の切り炉には炭火が燻《くすぶ》っており、おそらくこの清水であろう水がその火にかけられ、釜の中で静かな蒸気を上げていた。

「躙り口」を潜ったイオリは、三畳ほどの茶室に魅入られ、その場に釘付けになっていた。

正面の壁、右半分の障子には月光に照らされた木々や、竹の影絵が常にその形を変えて投影されていた。

一方で左半分は、一見外界に開放されているようであるが、その奥には絶え間なく流れ落ちる滝の水壁があり、茶室と外界を遮蔽《しゃへい》しているのだった。

滝は月明かりに虹色の変化を見せ、この世とは思えぬ幻想的な世界を織り成していた。

竹縁の下を、イオリをここへと案内してくれた燈籠舟が色々な色の和紙に包まれて静かに浮かび流れていく。それらはきっと、岩壁を抜けイオリが休んでいた庵の傍らの小川へと続いているのだろう。

イオリは夢の中にいるのかと自分を疑った。

強く頭を打ったせいで幻覚を見ているのかもしれぬ。だが、引き返そうとは思わなかった。

ここの主が誰であれ、またこれが夢であれ、自分はここに導かれ、招かれているのだ、と確信していた。

ここの主は、このイオリにここを見せたかったのではないか。

疲れた病み上がりの身体を引きずりつつも、ここまでたどり着けたことに心から感謝していた。

崖から落ちた自分を介抱してくれた人物であろうか。会って一言礼を言わなければ。イオリはそう思い始めていた。

と、突然、すべての世界が暗転する。

切り炉の炭火のみがチロチロと光っている。おそらく満月が雲に隠れたに違いない。

木々の風に揺れる音。絶え間なく続く小滝の静かな水音。

イオリはじっと耳を凝らしていた。

静かな深海の底にたゆたう安堵感《あんどかん》。

母の胎内で羊水《ようすい》に浮遊する自分を感じていた。

ふたたび、あたりに青白い光が戻ってくる。

障子戸に竹林と木々の影が映る。

室内が青く白く照らされていく。

茶釜の蒸気のかすかな音も聞こえる。

切り炉から目を上げたイオリは思わず息を呑んだ。

唐突にその人はそこに坐していたのだった。

人の入りくる気配など微塵もなかった。

多少は武芸に心得のあるイオリである。人の気配を察しないはずはない。病み上がりとはいえ五感は研ぎ澄まされている。

月の青白い光の帯の中に、その老人はまるでそこに置いてあるがごとく切り炉の横に坐しているのだった。

月明かりでもはっきりとわかる白髪は肩まで長く、その裾《すそ》は綺麗に切りそろえてあった。

背筋はピンと伸びて、今まさに茶を点てようという仕草である。

彫りの深い横顔に、鋭くはあるが慈愛に満ちた眼差《まなざ》し。

イオリは言葉を発しようとしたが言葉にならなかった。

動こうとしたが四肢が意思に反して動かなかった。

その老人の放つ「気」に圧倒されていた。

言葉も出ず、動くこともできず。

怖気《おじけ》づいているわけではない。だが、動こうとすると震えが止まらない。言葉を発しようとすると呂律《ろれつ》が回らない。金縛りの状態が続いている。

老人がイオリに向き直った。

イオリはその老人の眼光を精一杯の力を振り絞って受け止めていた。

「身体の具合は」

その老人は静かに問うてきた。

イオリの全身に稲妻が走ったような緊張が伝わっていく。武芸試合で相手に対峙《たいじ》した時に感ずる緊張と同質のものだった。

……ムサシ……

イオリは直感的にそう悟った。

静かだがその所作に寸分の隙もない。間合いはこの三畳が限界のようだ。

これ以上接近したら五感の緊張は崩れて逃げ出すか、無謀にも突進するかのいずれかであろう。ギリギリの間合いにお互い坐している。

「身体の具合は」

その翁《おきな》は再び澄んだ張りのある声で問うてくる。

「ハッ」

イオリは軽く会釈《えしゃく》した。

目はその翁を見据えている。いや翁の眼光に釘付けになっていた。心とは裏腹に全神経・全筋肉が臨戦態勢を取っていく。口腔《こうくう》内がカサカサに乾いているのがわかる。

礼を述べなければ……そう思うのだが、舌が口腔に張りついて言葉が出てこない。ただじっと翁の眼差しに応じるのみであった。

茶の香しい匂いが漂ってくる。

それが二人の間にできた緊張の輪を緩めていく。

翁はそっと右手を差し伸べると茶碗を差し出した。それはイオリの間合いのうちに自然に入ってきた。

イオリは不覚にも間合いに入られたのを気づかなかった。

それほど自然に翁は右手を茶碗とともに差し入れたのだった。

茶の香りがイオリの鼻腔をくすぐった。

油断などしていない。全身が弾けるほどの緊張に包まれていた。もし相手が小柄《こづか》を持っていたら間違いなく討たれていたであろう。

……完敗か……

イオリは心のうちで呟いていた。全身の緊張がふっと解け、自嘲気味に笑んでいた。

「いただきます」

イオリは差し出された茶をゆっくりと口に含んだ。渇いたのど元に浸《し》み入るように、香ばしい香りと、程よい温かさが通過していく。

もう一口はまろやかな癒《いや》しが口腔内に拡がっていった。

最後の一口はややほろ苦くも、もう一服飲みたくなる名残惜《なごり》しさが後に続いた。

イオリは、これまで色々な師匠に教わってきたはずの作法や手順などをまったく思い出すことなく一服頂戴《ちょうだい》した自分に気づいた。

あわてて翁の眼差しに向き合う。

「申し遅れました……イオリと申します。助けて頂いたお礼も申さず、失礼をいたしました。心にも身体にも浸み入る一服でした。——ムサシ殿であられますか」

翁はただ黙って目の前の若武者を見ている。

「武芸を極めようと精進しております。幼いころから、ムサシ殿の話を聞いて、自分もそうありたいと修行をしてまいりました。この沢の周りにムサシ殿らしき人物が暮らしていると人伝《ひとづて》に伺《うかが》い、訪ね歩いておりましたところ、不覚を取ってしまいました。ムサシ殿に会ってお聞きしたいことがありましたが、この一服をいただき、答えがわかったように思いました」

翁は黙って若武者の話に耳を傾けている。

「剣を極めようとすればするほど、茶の魅力に惹かれていくのです。おかしいでしょうか。茶事の仕来《しきた》りや作法は、色々な師匠につき、学んできたつもりです。しかし、今日こうして一服いただきましたとき、頭の中が緊張で思わず空白のようになってしまい、全くうまくできませんでした。失礼をお赦《ゆる》しください」

翁の鋭い眼光が少し緩んだように思えた。

「昔、ムサシとかいう乱暴者がいたようだな。何とかに刃物というが、剣を持った乱暴者など困ったものよ……」

翁は水面に小さな燈籠舟を一つ一つ丁寧に置いていく。色とりどりの和紙でできた燈籠舟がゆっくりと小川を下っていく。

「ムサシ殿は茶をいつ学ばれたのですか」

「茶は学ぶものではない……必要に応じて自然に湧き出るもの。作法や決まりごとを殊更《ことさら》に説くほどのものではないのではないか。誰かが訪ねてくる――心身ともに傷ついて……もしくは生死を賭けた勝負に出かける前に、そっと寄ってくれる。その、立ち寄ってくれた心にそっと寄り添ってみよ。そして瞬間、すべてを止めてその気持ちに応《こた》えるよう、心の向くまま茶を振る舞えばよいのでは」

イオリは先ほどの一服で神経が優しく緩んでくるのを感じていた。

今は、ゆっくりと自分の位置から程よい間合いで坐す白髪の翁を見ていた。

炉の炭がチロチロと揺れている。

正面の障子には月光に照らされた竹と木の枝がユラユラと舞っている。

翁の坐すその奥は壁がなく吹き抜けている。

その縁の外を静かに滝が流れ落ち、水壁をつくって外界を遮蔽している。

月の光は滝の飛沫《ひまつ》で屈折し、七色の色彩を放って輝き、時とともに変化する。

夜風に揺れる銀の天幕が虹の光を纏《まと》っている。

前に坐す翁の動きには寸分の隙もない。

ただ静かに、手のひら丈の燈籠舟を清水の川に流しているのだった。

「燈籠舟に引かれてここまで参りました。黙って入ってきたうえに、茶まで頂戴してしまい……ただ恐縮するばかりでございます」

よく見ると、その燈籠舟の色とりどりの和紙には小さく文字がしたためてあるようだ。

イオリはその燈籠舟を数えはじめていた。色違いのその舟は、清水に浮かぶと静かに流れていく。

四十九。

最後の燈籠舟の小文字には——イオリの思い違いか、揺れる月光と滝の天幕のせいで、その小さな文字が見えるはずもないのだが——巌流島……長剣……居士……そう見えたように感じていた。

いや、間違いない。

じっと翁の仕草を見てみる。四十九組の燈籠舟を流し終えると、また初めの燈籠舟に戻っているようだ。

翁は何度も何度も燈籠舟を浮かべて流す作業を続けている。

イオリは確信した。この翁は間違いなく、自分の探し求めていた剣豪ムサシに相違ないと。

彼は四十九組の武芸者を弔《とむら》っているに違いない。ここは冥途《めいど》と現世の境《さかい》というのか。

強敵を前にした時の緊張感と、すべてを包み込む深海の安堵感とが共存する。

ここは間合いを極限まで切り詰めた空間。

ひとわたり燈籠舟を流し終えると翁が口を開いた。

「身体のほうは如何《いかが》か。ずいぶん鍛えた体躯《たいく》のようだが……。もう少し打ち所が悪ければ、あるいは……」

その声には、短いが、思いやる心情が溢《あふ》れていた。

イオリは思いきって切り出してみた。

「噂を頼りにこの山間に来てみました。不覚を取りましたが、そのおかげでこうしてお目にかかれました。そのうえ、介抱までしていただいて、なんと申し上げてよいのやら。言葉が見つかりません」

翁はわずかに口元に笑みを漏らすのみである。イオリは続けた。

「私に茶を点てさせて頂けないでしょうか。少しは学んだつもりです。ムサシ殿にお会いできたら一服進ぜようと、日々、茶のほうも精進して参りました」

翁はそれを聞くと、すっと影のように立ち上がり、イオリに主席を譲った。

イオリは緊張した。

茶釜の前に坐す。

色々な流派の茶事を学んだはずだが、頭の内からは何も出てこなくなり、作法など全く思い出せない。

下座のムサシから静かな声が茶室に浸透していった。

「そなたがここへおいでになった。また、私に一服茶を点てようと思われた。その気持ちに真正面から向き合えば……所作など自然と湧いてくるもの……。すべてが流転《るてん》していく。作法とは、その流転にどのように対座するのかの道標であり、先人たちの知恵の結晶であろう。道標に縛られ、それのみが金科玉条であるかの如くしがみつくことは、己の目を曇《くも》らせることもあるのでは……」

イオリはハッと我に返った。

いま、この三畳の空間に憧れのムサシと茶釜を挟《はさ》んで対峙している。これ以上の間合いは取れないほどの絶妙の距離感の中に二人はいる。

イオリはじっと目を閉じた。

滝の向こうの現実。滝のこちら側の現実。

こちら側は抑制された現実。だが、外の空間よりも広い空間へと拡がっていくもの。

ここは冥途への入口……ふと、そんな気がよぎった。

今、この瞬間も次は流転していく。

そう感じ取ると、イオリは一心不乱に茶を点てはじめたのであった。

流派・作法・所作……今まで学んだ手順やしきたりのすべてが頭の中から消え、無の状態であった。

ただただムサシに会えたら茶を一服点ててさしあげたい……その思いにすべてを凝集したのだった。

満月の織り成す影絵と、その光と水の万華鏡の内で渾身の一服が立ち上がった。

イオリは恐る恐る碗をムサシに差し出した。

ムサシは一口一口、じっくりとイオリの点てた茶を味わっていった。

しばらくの間ののち、ムサシは口を開いた。

「相当修行されましたな。動きが流れるようで無駄がなく、力みもなく美しい。これほどまで思われてここにお越しになったのですな」

イオリは目の前のムサシをじっと見据えていた。

言葉にならなかった。憧れていた剣豪ムサシ。その人は剣を極めた乱暴者でも冷酷な無法者でもなかった。

人の心を思い、理解し、生死のギリギリのところに身を置いてきた人であった。茶への造詣《ぞうけい》も、また、茶室という空間のしつらえにも、イオリは新たな感動を禁じ得なかった。

ムサシの言葉をかみ砕《くだ》いているうち、目の前の姿がぼやけて見えてくる。ジッと見据え、お礼の言葉をつなごうにも言葉が出てこない。

目の前がにじんできている。

イオリは、自分の目から涙が頬を伝い、落ちていったことで初めて視界がにじんだ原因を悟った。

ムサシはイオリにまたとない慈愛に満ちた笑みを送ると、一礼し、影のように茶室を後にした。

全身全霊で点てた一服の茶が、あのムサシを感動させたことにイオリは感極まっていた。

緊張の糸が張り詰めていたのであろう。まして病み上がりである。ムサシの去った茶室に、イオリは崩れるように横になった。
月光に照らされた水壁と障子越しの木々の影絵が、ただ静かに揺れていた。

一期一会《いちごいちえ》

「イオリ様。イオリ様」

切羽《せっぱ》詰まった声にイオリは目を開けた。

「ここは——？」

イオリは辺りに目をやっていた。

ここは自分が介抱を受けていた四畳半の茶室。昨夜、自分は確かに導かれるようにムサシの茶室に出かけ、ムサシと茶を点て合ったはずだが……

朦朧とした頭で昨夜のことを思い描いてみた。

「イオリ様、お急ぎください。川があふれそうです。舟を出しますので、どうぞお帰りを」

見知らぬ、初老の男が障子を半開きにして声を発している。そして心配そうにイオリの様子をうかがっている。

「イオリ様、お急ぎください」

尋常ならぬ声に、イオリは瞬時に事態を把握した。

「すぐに支度します」

支度を整えると、男の後を追うように部屋を出た。

庵の外は雨が激しく地面を叩きつけている。水煙の中をイオリは駆けた。

川岸では先ほどの男が、今か今かとイオリを待っている。

ひどい水煙で、その姿さえ霞《かす》んで見え隠れしている。

遠くで雷鳴が轟き、稲光が一瞬あたりを明るく照らす。

雨脚が両足に絡みつくのものともせず、イオリは一直線に男の待つ川岸へ向かって走った。

「イオリ様。早く」

イオリが小舟に飛び移るのと同時に、男は慣れた手つきで竹竿《たけざお》を川岸にあて、一気に舟を荒れた川に向かって押し出した。

川は昨日の清流の面影はなく、ゴーゴーと川面を泡立てて流れていく。

初老の船頭は慣れた様子で、この急流に竿を差し下っていく。

川のどこにどんな岩があるのか、どこで川が渦を巻くのかを熟知しているようだ。

巧みな竿捌きで急流を下る。

雷鳴が川の両岸の山々にこだましていく。まるで釣鐘の底にいるかのように雷鳴が響く。

稲光が周りを明るくする一瞬以外に、前方を確認する術《すべ》はない。

急流と格闘しながらしばらく川を下ると、突然雨が弱まって雲間に青空が覗くようになってきた。

下ってきた川の上流に目を向けると、空はどんよりと黒く淀《よど》んでいる。

両岸の山々は雨脚の天幕の中で煙っている。

雷鳴は徐々に遠ざかり、稲光も散発になり、そのたび遠くの山々を照らし出す。

川は水かさを増し、時おり渦巻いては流れていく。

初老の船頭は相変わらずの竿捌きで小舟を繰っている。

「イオリ様。お身体の具合はいかがですか。まだご回復なさっていないのに、こんな事態になって申し訳ございませぬ」

「助けて頂いてお礼を申し上げる暇もなく、こちらこそ失礼をお許しください」

イオリは心からそう発していた。

見ればこの男、船頭の格好をしているが、この急流でも体の軸が全くぶれない。

――もしかして、武士か。

イオリは小刀の鍔《つば》を小さく鳴らしてみた。

すると船頭は反射的に、竿に仕込んでいると思われる刃に手を掛けた。

イオリは悟った。

船頭をしてこの気迫と反射神経をもつとは……

主、ムサシは噂に違《たが》わぬ武芸者に違いない。

イオリは昨夜のムサシの茶室を思い描いた。

夢か現実か、今となっては判然としない。

だがイオリはこの船頭の仕草を見て確信した。

あれは現実。ムサシは自分をあの茶室に招いてくれた。そして、心づくしの茶を振る舞ってくれたということなのだ。

イオリは今下ってきた川の上流に目をやった。山間のその先はいまだ黒い雲に蔽《おお》われている。

「イオリ様。わが主からイオリ様にお渡しするようにと預かったものがございます。もう追っ付け、村の渡し場に着きますので、そこでお渡しいたします」

船頭の男は慇懃《いんぎん》にそうイオリに伝えた。

「あの方は……」イオリはそう言いかけて言葉を止めた。

あれがムサシ本人だと明らかにしたところで、どうなるというのだ。到達した先が何人《なんぴと》であれ、「武芸」という名の果たし合い、殺し合いに見切りをつけた人だ。

四十九の、色とりどりの燈籠舟をイオリは想っていた。

和紙に書かれた「居士」等の文字は、果たし合いでムサシが冥途に送った武芸者たちであろう。

ムサシは満月のあの夜に、一人静かに彼らの魂を弔っていたのだろう。

剣を極めること。

他者より擢《ぬき》ん出て強くあること。

一本の太刀のみでなく、小刀も勝負に参加させ……二刀で不足な場合は近くにあるものを木剣に変えてでも勝利すること。

そこにはもはや綺麗事は通用しない。

型や格式も意味を持たない。

イオリは、ムサシが経験したという、京都、一乗寺下り松でのヨシオカ一門との決闘の話を思い出した。

ヨシオカ道場側は、ムサシに討たれたセイジュウロウの幼子を道場主に立て、仇《あだ》討《う》ちを大義として闘った。道場主の幼子を、錦の御旗《みはた》であるかのように担《かつ》ぎ上げ、百名を超える門下生がムサシ一人に襲い掛かったのだ。ムサシは容赦などしなかった。幼少であろうが、敵の御旗となった幼子を一刀のもとに仕留めたという。ほかの門下生たちは仇討ちの大義名分を喪《うしな》うと、散り散りに霧散せざるを得なかったのである。

イオリは茶室でのムサシとのやり取りを思い返した。

剣を極めれば、それだけで相手は簡単にかかってこないのか。そうすれば無益な争いを避けることができるのか。――そんな話をした。

『そなたは本当にそう考えているのか』

あの時、ムサシは含み笑いをしながらイオリに問うた。

『剣は人を殺《あや》めるためのもの。大義とは立場立場で勝手に付け変わっていくもの。人を殺めるのに大義も正義もない。一本の刀で足らなければ二本、二本で足らなければその他の武器を……と限りがないのだ。また相手もそれに対抗する新たな武器を持とうとする』

そう言ったムサシはまたも苦笑いを見せた。

『武芸の試合が一対一であるから正々堂々としているのか。百人を相手にしても、殺す殺されるは一人対一人の問題である。殺し合いに正も堂もない』

ムサシのいたあの場所の、滝の外には現《うつつ》がある。

結界を超えた滝の内にも現がある。

あの場所は、限りなく冥途に近い現。

そこはギリギリまで抑制された魂が、静かに、ただ静かに冥途へ拡散していく現でもあった。

イオリはムサシの言葉を思い返す。

静かな内にも激しい闘気を漲らせる、その老躯の動きには無駄がない。

絶え間なく流れ落ちる滝の内側。水壁が月明かりに反映し、色と光の織りなす万華鏡の世界。

それも一瞬たりとも同じではないのだ。

だからあの時、イオリは意を決してムサシに申し出たのである。

『私に茶を点てさせて頂けないでしょうか』

それは、かねてより心に思っていたことを、やっと言葉にできる「間」が整った瞬間でもあった。

望月《もちづき》の茶会

イオリは、満月の夜は他人を茶室から遠ざけるようになっていた。

ひとりで釜に坐し、幻の相手を思い、一人で茶を点て思い出に浸っていた。

イオリの茶室は斬新だ。

剛と柔、織り交ぜた趣向が誰も真似できないものだ。

「茶道における、若く新しい流派」など、巷《ちまた》の評判が上がるにつれ、イオリの心は淀んでいった。

あの満月の夜。

ムサシの茶室で得た充実感と達成感。

生と死の間の研ぎ澄まされたその瞬間を肌で感じた。

それを伝えようと種々の茶室を建て試みているのだが、全く不本意な作ばかりである。

その一方で、茶室や茶のしつらえが新しいと評判を得ているのである。

全く不本意で不甲斐《ふがい》ない。

イオリはため息交じりに思い返している。

あの日、あの満月の夜の一瞬間。

ムサシと二人だけの茶会。

生と死の間を行き来するような緊張感。

自分を、他人を、受容できるおおらかさと安息感。

次の瞬間には消えてなくなるであろう、惜別と希望のないまぜになった不安。

その中で無駄を極力省いた所作が自然に流れていく。

まさに一期一会。

緊張と安息。

茶を点てる動きのひとつひとつが、まさに真剣で対峙した時の所作の一挙手一投足に対応している。

イオリはわかっていた。自分が造った茶室のどれも、あのムサシと出会った山上の茶室の境地に至っていないと。

目指しているものに届かぬもどかしさを抱える一方で、世間の自分に対する評価が上がっていく。

イオリは、「いや、本物はこんなものではない」——そう心の中で反芻《はんすう》する日々である。

今夜も満月。

煌々と青白い月明かりが茶室に差し込んでくる。

『イオリ様。わが主からイオリ様にお渡しするようにと預かったものがございます』

その船頭が差し出した一冊の草紙には「五輪之書」と認《したた》めてあった。

それと大小二刀の刀。

それらは名刀「兼定」を彷彿《ほうふつ》とさせるものであった。

実用的で剛毅《ごうき》。大刀はずっしりとした切れ味鋭い質感がある。胴太貫ほど刀剣の前方に重心を置く粗野な感じはない。

その重心は刀剣の手元側の程良い位置に置かれている。右腕の動きと一体となって動く感触が素晴らしい。

小刀の重心も微妙に大刀より手元側に位置し、左腕とともに軽妙な動きを可能にしていた。

大小二刀の刀身は満月の光に照らされ、銀の光沢の内に種々な色彩を放ち、輝く。

それらはまさしくムサシ本人が鍛え上げた名刀であろう。

イオリは一服一服思い返すように茶を口に含むのだった。

エンドロール

晩年の宮本武蔵は熊本にある金峰山の岩戸、霊厳洞にこもり、その生涯の生き様を兵法の極意「五輪書」にまとめ書き残した。

日々座禅を組む生活の中で書や絵画、茶にも通じていたようである。
一、何れの道も別れを悲しまず
一、空を道とし道を空とみる
一、我事において後悔せず
その生き様は、養子宮本伊織にしっかりと受け継がれていった。

あとがき

平成最後の春、「ムサシの茶室」の原稿が出来上がろうとしている。私にとって、はじめての著作である。

時代の流れに取り残されてゆく昨今、愚直に生き続けることの他に術を知らない。宮本武蔵という傑出した剣豪がいた。彼は剣で身を立て乱世を駆け抜けて生きた。やがて世の中は平静を取り戻し、剣など必要としない時代がやってきたのだ。時の移ろいにも、泰然自若《たいぜんじじゃく》として兵法の実践を論じ、剣を極め続けることをやめない。一途な努力の中で彼を支えたその精神は高潔なものに昇華していった。絶滅危惧《きぐ》種の狼《おおかみ》が、環境の変化にもかかわらず、頑《かたく》なにその生き様を変えず孤高を保っている姿が重なる。

思うままに感じたことを書き綴ったため、揺れ動く心の振り子が、場面、場面を往来し、読みづらい作品になったと思う。

河原の小石を拾うが如く「ムサシの茶室」を拾い上げて下さった文芸社の阿部俊孝氏、また同社編集部の佐々木亜紀子女史の細やかな感性による助言と忍耐強い後押しのおかげで、どうにか原稿としての体を成すに至った。両氏には心より感謝している。

また、拙劣な文字の手書き原稿を丁寧にワードで清書してくれた友人、土井淳君にも心から謝意を送りたい。

どうやら外では、桜が咲き始めたようだ。

平成三十一年　春

周　舜

著者プロフィール
周 舜（あまね しゅん）
1951年生まれ。愛知県出身。

ムサシの茶室

2019年8月15日　初版第1刷発行

著　者　周 舜
発行者　瓜谷 綱延
発行所　株式会社文芸社
〒160-0022　東京都新宿区新宿1－10－1
電話　03-5369-3060（代表）
03-5369-2299（販売）

印刷所　株式会社フクイン

ISBN978-4-286-20784-1